YR AWDUR

Magwyd Manon Steffan Ros yn Rhiwlas, Dyffryn Ogwen ond erbyn hyn mae'n byw ym Mro Dysynni gyda'i dau fab, Efan a Ger.

Enillodd wobr Tir Na n-Og ddwywaith (*Trwy'r Tonnau*, 2010 a *Prism*, 2012). Enillodd ei nofel *Fel Aderyn* wobr Barn y Bobol yn seremoni Llyfr y Flwyddyn yn 2010, a *Blasu* gategori ffuglen Llyfr y Flwyddyn yn 2013.

D1650114

I Llŷr Pryce Edwards,
fy nghefnder annwyl.

AL

MANON STEFFAN ROS

ARDDEGAU
ROS

Argraffiad cyntaf: 2014
© Hawlfraint Manon Steffan Ros a'r Lolfa Cyf., 2014

Cynllun y clawr: Rhys Aneurin

Rhif Llyfr Rhyngwladol: 978 1 84771 746 7

Comisiynwyd Cyfres Copa gyda chymorth ariannol
Adran AdAS Llywodraeth Cymru

Cyhoeddwyd ac argraffwyd yng Nghymru
ar bapur o goedwigoedd cynaladwy gan
Y Lolfa Cyf., Talybont, Ceredigion SY24 5HE
e-bost ylolfa@ylolfa.com
gwefan www.ylolfa.com
ffôn 01970 832 304
ffacs 01970 832 782

1

Dwi'n cofio'r union eiliad y dois i i wybod be oedd Al wedi ei wneud.

Bore Sul oedd hi. Wel, dwi'n dweud bore – roedd hi wedi bod yn noson fawr y noson cynt, a minnau wedi aros yn fy ngwely tan amser cinio i drio osgoi'r cur pen fyddai'n siŵr o 'mhoeni i. Oglau cig moch yn ffrio ddeffrodd fi, ac er mod i ddim yn siŵr a fyddai brechdan seimllyd yn gwneud i mi deimlo'n well neu'n cael ei chwydu 'nôl yn syth, eisteddais i fyny yn fy ngwely, yn llwgu.

Roedd hi wedi bod yn glincar o noson – y math o noson sy ond yn gallu digwydd heb drefnu ymlaen llaw. Un o'r ychydig ddyddiau o'r flwyddyn pan oedd Bangor yn boeth fatha'r Med, a phawb yn cerdded o gwmpas mewn shorts a festiau bach, a'r pyb wrth y pier efo barman ifanc newydd oedd byth yn gofyn am I.D. Criw mawr ohonon ni'n meddwi'n ara bach ar y gwair y tu allan, yn syllu dros y

Fenai. Roedd *pawb* yno. Fedra i ddim cofio cerdded adre.

"Ti'n drewi o gwrw," meddai Mam heb droi i sbio arna i, yn crychu ei thrwyn wrth i mi gerdded i mewn i'r gegin. Chwarae teg iddi, roedd hi wedi gwneud y frechdan gig moch yn union fel ro'n i'n licio ac wedi ei gosod hi'n dwt ar blat ar yr ochr. Medrwn weld y sos coch yn drwch rhwng y cig a'r bara, yr un lliw yn union â gwaed. "Faint o'r gloch oeddat ti adra neithiwr?"

"Dwi'm yn siŵr. O, Mam, ti werth y byd." Eisteddais wrth y bwrdd a chladdu'r frechdan. Roedd hi'n berffaith. "Ma hon yn lyfli."

Ysgydwodd Mam ei phen, gan syllu arna i'n amheus. "Faint wnest ti yfad?"

"Cwpwl o beints. Wir i chdi. Oddan ni jest tu allan, yn ista yn yr haul."

"Wnest ti ddim smocio, naddo? Na chymryd drygs, na'm byd fel 'na?"

Ochneidiais drwy 'mrechdan. "Cwpwl o beints, a dyna fo."

Chwythodd Mam y stêm oddi ar ei phaned

yn ysgafn. Roedd hi wedi bod ar ei thraed ers oriau, yn amlwg, ac roedd dillad gwynion yn dawnsio ar y lein y tu allan, a llwythi o datws a moron wedi eu paratoi ar gyfer gwneud cinio dydd Sul hwyr. Roedd hi wrth ei bodd efo tywydd braf ac roedd pob ffenest yn llydan agored, ac awel gynnes yn styrbio'r llenni.

Dynes ddel oedd Mam – wel, dyna oedd fy ffrindiau i'n ei ddweud i dynnu 'nghoes i, beth bynnag. Ond doedd dim dadlau ei bod hi'n dal i edrych yn ifanc, yn fain ac yn dal, a'i gwallt wedi ei lifo'n dywyll.

Doedd hi byth heb golur ar ei hwyneb ac roedd rhes o glustdlysau yn disgleirio i lawr ei chlustiau. Unwaith neu ddwy, yn ddiweddar, roedd pobol wedi camgymryd ein bod ni'n frawd a chwaer, neu yn waeth byth, yn gariad i mi. Camgymeriad a

7

fyddai'n gwneud i mi gochi a gwneud iddi hithau wenu.

"Tybed be oedd yr holl dwrw 'na neithiwr?" gofynnodd hi wrth sipian ei the.

"Pa dwrw?"

"Mi gest ti fwy na chwpwl o beints os gysgist ti drwy'r sŵn 'na! Seirans, tua tri y bora. Llwythi ohonyn nhw."

"Ro'n i'n cysgu'n sownd."

"Oeddat, mwn!"

Gorffennais fy mrechdan a thorri gwynt yn uchel, gan wneud i Mam ebychu a throi ei thrwyn. Roedd gen i shifft yn y garej y pnawn hwnnw. Byddai'n rhaid i mi gael cawod a brwsio 'nannedd os oeddwn i am gael gwared ar yr oglau cwrw. Ond roedd y cig moch wedi 'ngwneud i'n gysglyd ac roedd hi mor gynnes yn y gegin. Byddwn i wedi gallu rhoi 'mhen ar y bwrdd a mynd yn ôl i gysgu'n syth.

Estynnais i boced fy siaced am fy ffôn. Ro'n i wedi lluchio'r siaced ar gefn y gadair ar ôl dod yn ôl y noson cynt. Pedwar *missed call* a thair neges, pob un gan Al, pob un ers yr oriau mân.

1.32 – Ga i ddŵad i tŷ chi heno?
1.57 – W t adra?
2.46 – Atab dy ffôn.

Chwarddais yn ysgafn ac ysgwyd fy mhen. Roedd Al wedi'i dal hi go iawn, ei lygaid o'n pefrio i gyd. Cofiais ei weld o'n gadael y dafarn a Meg, ei gariad, yn cydio am ei fraich, mor feddw ag yntau. Roedd hi mewn sodlau gwirion o uchel ac ro'n i a'r hogia'n chwerthin wrth sbio arni'n trio cerdded yn gall heb faglu.

"Be?" gofynnodd Mam, wrth fy ngweld i'n chwerthin.

"Al oedd wedi ffonio a tecstio neithiwr, ganol nos. O'dd o'n chwil gaib."

"Oedd 'na rywun efo fo?"

"Roedd o'n iawn, Mam. Mi a'th adra efo Meg erbyn hanner nos."

Llyncodd Mam y diferyn olaf o'i the a sefyll ar ei thraed cyn hebrwng y llestri budron at y sinc. "'Ngwas i."

"Ei fai o. O'dd o'n llowcio peints ers amser cinio. Tydi o byth yn gwbod pryd i stopio."

"O'n i'n siŵr 'sa Meg yn ei gallio fo."

Ysgydwais fy mhen. "Dwi'm yn meddwl bod 'na neb yn y byd 'sa'n gallu callio Al. Mae ganddo fo natur wyllt."

Golchodd Mam y llestri ac anfonais innau neges at Al:

Ti'n ok?

Bu tawelwch am ychydig, a minnau'n trio meddwl tybed fyddwn i'n cael get-awê efo ffonio'r garej a smalio 'mod i'n sâl. Fyddai o ddim yn gelwydd, ddim yn union. Safodd Mam yn llonydd wrth sychu'r llestri, y lliain yn dal yn ei dwylo, a'i llygaid yn dynn ar rywbeth y tu allan i'r ffenest.

"Be?" gofynnais.

"Gwion," atebodd Mam, a chodais ar fy nhraed i ddilyn ei golygon. Oedd, roedd Gwion yn brysio i fyny'n stryd ni, yn dal i wisgo dillad neithiwr, ei wyneb o'n wyn. Edrychodd i fyny wrth agor giât yr ardd a gweld Mam a minnau'n sefyll yno.

Llamodd fy stumog wrth weld golwg ofnadwy yn ei lygaid. Agorais y drws cyn iddo'i gyrraedd.

"Be sy matar?" gofynnais, heb ddweud helô.

"Ty'd i mewn," meddai Mam yn fwy cwrtais na fi a symudais yn ôl i wneud lle i Gwion fynd heibio. Roedd o'n edrych yn wahanol i'r dyn a fu'n chwerthin lond ei fol ar jôcs budr efo fi'r noson cynt.

"O'n i 'di meddwl ffonio ond ddudodd Mam... O'dd hi'n meddwl 'sa'n well i mi ddŵad draw."

"Pam?"

"Cai... Blydi hel. Ma Al..." Tynnodd gledr ei law dros ei wyneb, wedi ei ddychryn yn uffernol gan rywbeth.

"Al? Be?... 'Di o'm 'di marw, nac'di?" Cofiais mor chwil oedd o, fymryn yn simsan ar ei draed. Mi fyddai o'n hawdd wedi medru baglu i lwybr rhyw gar... "Newydd decstio fo ydw i!"

"'Di o'm 'di marw." Caeodd Gwion ei lygaid yn dynn, dynn a theimlais gledr llaw Mam yn ysgafn ar fy nghefn, fel tasa hi'n trio 'nghysuro i am rywbeth na wyddwn i be oedd o eto. "Gwaeth na hynna."

Agorodd Gwion ei lygaid a syllu i fyw fy rhai i. Hanner sibrydodd yn dawel, "Meg. Ma Al wedi lladd Meg."

2

Am ryw reswm, roedd 'na un atgof na fedrwn i ei gael o fy meddwl. Roedd o efo fi wrth i Gwion a Mam suddo i gadeiriau'r gegin, yn ddagrau i gyd; wrth i mi hwylio paned felys i bawb; wrth i mi sefyll yn nŵr chwilboeth y gawod, yn trio golchi oglau neithiwr oddi arna i.

Do'n i'n methu stopio meddwl am y tro cyntaf yr es i i gartref Al.

Roedd y ddau ohonon ni ym Mlwyddyn 10 ar y pryd. Er 'mod i yn yr un tim pêl-droed â fo, a'n bod ni'n dau yn yr un dosbarthiadau yn yr ysgol, do'n i ddim yn ffrind iddo fo cyn hynny. Ddim go iawn. Doedd hogiau fel ni ddim yn tueddu i wneud llawer efo'i gilydd. Roedd ei dad o'n brifathro mewn rhyw ysgol bentref ochrau Bethesda, a'i fam yn berchen ar siop ddillad uffernol o hyll a drud yn y dre. Roedd ganddo chwaer fach, Elliw, oedd bum mlynedd yn iau ac wedi ei sbwylio'n wirion.

A fi? Wel, ro'n i'n unig blentyn ac yn byw ar y stad ers pan o'n i'n fabi. Crafu byw oedd Mam a minnau ar ei chyflog yn gweithio ar y til yn Morrisons, a doedd Dad ddim wedi anfon ceiniog at fy nghadw ers iddo symud at ei wraig newydd yn Port a dechrau teulu newydd yn fan'no.

Nid 'mod i'n meddwl bod teulu Al yn well na 'nheulu i, chwaith. Doedd neb gystal â Mam. Roedd hi'n llawn hwyl a chwerthin, ac yn llawdrwm efo fi pan oedd angen bod. Ond roedd mynd i dŷ Al fel camu i fyd arall.

Doedd neb adre pan gyrhaeddon ni o'r ysgol y pnawn hwnnw, yn chwys i gyd ar ôl chwarae pêl-droed. Estynnodd Al i'w waled i nôl y goriad, a'n gadael ni i mewn i'r hen dŷ mawr. Roedd o'n sefyll ar ei ben ei hun mewn rhes o dai crand ar ben y bryn, a gerddi mawr wedi eu tendio'n berffaith o'u cwmpas i gyd. Roedd ffenest liw fawr, hirsgwar ar hyd un ochr, yn dangos draig goch yn ymestyn am yr awyr ynghanol mynyddoedd gwyrddion. Byddai'r ffenest yn taflu ei lliwiau dros y grisiau pren tywyll, yn gwneud i bob cam deimlo fel rhyw freuddwyd od.

Y peth cyntaf wnaeth Al oedd diffodd y larwm lladron. Gwenais wrth feddwl bod Mam wastad yn cadw'r drws cefn ar agor i mi pan oedd hi ar shifft.

Roedd y tŷ'n anferthol, ac yn berffaith. Roedd popeth mor wahanol i adre, hyd yn oed y sŵn, fel tasa'r carped trwchus yn llyncu twrw ac yn gwneud i rywun fod eisiau siarad yn dawel, fel tasan ni mewn capel. Roedd lluniau mawrion ar bob wal – nid ffotograffau o'r teulu, fel oedd ar waliau'n tŷ ni, ond paentiadau go iawn o draethau a mynyddoedd a ballu.

Arweiniodd Al y ffordd i'r gegin. Roedd popeth yn fetel sgleiniog i gyd, a dim un peth allan o'i le. Wrth iddo estyn i'r cwpwrdd am greision a siocled i ni, methais beidio ag ebychu, "Asu, ma fa'ma'n berffaith, Al!"

"Ma dynes yn dod i mewn bob bora i llnau a golchi dillad a ballu," atebodd Al, ei ben yn yr oergell. Gosododd gan o ddiod o 'mlaen ac eisteddais innau ar un o'r stolion uchel wrth y bar brecwast. "Ma hi'n gneud swper weithia, hefyd. Ma Mam yn *hopeless* efo petha fel 'na."

Cnoais ar y Mars bar, yn dychmygu sut fyddai Mam yn licio cael rhywun i gadw tŷ iddi. Roedd hi'n ddigon tebol ei hun, ac roedd hi'n mynnu ers blynyddoedd 'mod i'n rhoi dillad budron yn y peiriant ac yn clirio ar fy ôl.

"Pryd ma nhw'n dod yn ôl o'u gwaith? Dy fam a dy dad, 'lly?" gofynnais, yn nerfus braidd, o feddwl am orfod cwrdd â nhw.

"Duw a ŵyr. Ma Elliw yn cael ei gwarchod ar ôl ysgol. Tydyn nhw ddim yn ôl tan saith, weithia." Gorffennodd Al ei siocled, a chychwyn ar y creision. Gwyliais o drwy gil fy llygad, fel taswn i'n ei weld o o'r newydd. Dalais i rioed fawr o sylw iddo fo tan i Mr Smith, yr athro Cemeg, ei roi o'n bartner lab i mi. Hogyn tal, tenau, ond yn gyhyrog gan ei fod o'n chwarae gymaint o bêl-droed. Roedd ganddo wallt golau, yn hollol syth ac yn disgyn dros ei lygaid glas, a gwefusau trwchus pinc. Roedd genod yn gwirioni arno fo.

Arweiniodd fi i fyny'r grisiau llydan, trwy gysgodion coch a gwyrdd y ffenest liw, i'w ystafell. Roedd hi'n fwy na lawr grisiau tŷ ni i gyd, ac yn lanach na llofft unrhyw hogyn welais i rioed. Roedd un wal yn silffoedd i gyd – llyfrau, DVDs, gêmau, clamp o deledu a sbîcyrs fel llygaid ym mhob pen. Roedd ganddo wely dwbwl, a hwnnw wedi ei gweirio'n llyfn, desg fawr yn wynebu'r ffenest, a'r laptop arno'n sgleinio yng ngolau'r haul.

Brathais fy nhafod rhag ei alw fo'n gythraul lwcus, er mai dyna'n union ro'n i'n meddwl. Roedd ganddo fo bopeth.

Chwarae gêm ddaru ni trwy gyda'r nos: gêm rasio ceir, ac Al yn fy nghuro i bron bob tro. Pan ddaeth sŵn agor drws y tŷ, edrychais ar fy ffôn i weld faint o'r gloch oedd hi.

"Blydi hel! Mi eith Mam yn nyts!" Codais yn sydyn.

"Wela i di fory ta, ia?" Thynnodd Al ddim ei lygaid o'r sgrin: daliai ei fysedd i symud yn gyflym dros *remote control* y gêm.

"Iawn," meddwn, er 'mod i wedi gobeithio y byddai o'n fy hebrwng i lawr y grisiau. Doeddwn i ddim am orfod cyflwyno fy hun i'w rieni: Be fyddwn i'n ei ddweud? Ond fedrwn i ddim mynnu, chwaith. Doeddwn i ddim yn ei nabod o gystal â hynny. "Diolch am y diod a'r bwyd a ballu."

Roedd lleisiau yn y gegin i lawr y grisiau. Llyncais fy nerfau, a cherdded i mewn. Trodd mam Al ac Elliw i edrych arna i.

Dim ond am eiliad fer y parodd o – llai nag eiliad, a dweud y gwir. Ond roedd o yno, ac ro'n i wedi ei weld o. Roedd mam Al wedi crychu ei thrwyn rhyw fymryn wrth fy ngweld i.

Daeth y wên yn syth wedyn – gwên fawr, lipstig llachar i gyd. Roedd hi'n ddynes fach denau, ei gwallt yn goch ac yn syth, ac roedd hi'n gwisgo dillad lliw sach, haen ar ben haen ohonyn nhw, fel roedd hi'n gwerthu yn ei siop. Fel 'na roedd y mamau crand i gyd yn gwisgo. Doedden nhw ddim yn edrych hanner gystal â Mam, ac roedd hithau'n byw mewn jins ail-law.

"Cai, ia?" gofynnodd, mewn llais oedd yn feddal ac yn isel ac yn swnio, i mi, yn ffals. "Croeso i'n tŷ ni!"

"Diolch," atebais yn swil, gan wybod, o'r eiliad fer o wg ar ei hwyneb pan welodd hi fi gyntaf, nad oedd hi'n meddwl 'mod i'n ddigon da. "Dwi'n gorfod mynd rŵan."

"O, dyna biti. Tyrd yn ôl cyn hir. Dwi'n siŵr bod Aled wedi mwynhau dy gael di yma."

"*Dwi* byth yn cael ffrindia acw i chwara," cwynodd Elliw, a thôn ei llais yn crafu fy nerfau yn barod. Roedd hi'n naw oed ar y pryd, ac yn fyr a braidd yn grwn. Gwisgai ei gwallt hir, golau – yr un gwallt â'i brawd – yn rhydd dros ei hysgwyddau, ac roedd o'n dechrau edrych yn fler ar ôl diwrnod yn yr ysgol.

"Hisht rŵan, cariad," atebodd ei mam, a fedrwn i ddim peidio â meddwl tybed a fyddai hi'n siarad mor fwyn taswn i ddim yno.

Ar hynny, daeth Al i mewn i'r gegin, yn amlwg wedi colli blas ar y gêm.

"Be sy i swper?" gofynnodd, gan fy anwybyddu.

"Dwi ddim yn gwbod. Rhywbeth o'r rhewgell."

"Pryd fydd Dad adra?"

"Sut ydw i fod i wbod? 'Mond ei wraig o ydw i..." Llithrodd ei hwyneb am eiliad, cyn cofio 'mod i yno, a dychwelodd ei gwên. "Does dim llawer o drefn yma, mae arna i ofn."

Gwenais a ffarwelio. Wrth i mi adael drwy'r drws ffrynt, gallwn glywed gweddill y sgwrs rhwng Al a'i fam.

"Roedd Cai yn deud..."

"Wnewch chi'ch dau *plis* beidio siarad efo fi heno 'ma? Dwi 'di cael diwrnod diawledig yn y siop. Dwi isio tawelwch."

Ac yna, yn union fel roedd hi eisiau, roedd tawelwch, a minnau'n teimlo rhyddhad rhyfedd o gael dianc i brysurdeb y stryd.

∗∗∗

Ar ôl i Gwion fynd, ei wyneb wedi chwyddo'n goch ar ôl crio cyhyd, ac ar ôl i mi folchi a brwsio fy nannedd a newid i 'nillad gwaith, mi es i yn ôl i lawr y grisiau. Roedd drws y gegin ar agor, a Mam yn eistedd ar garreg y drws, yr haul yn ei goleuo.

"Ista efo fi, cyw," meddai'n dawel. Roeddan ni'n dau'n arfer gallu ffitio'n hawdd

ar y llechen, ond roedd hi'n dynn erbyn hyn.
Ro'n i'n fwy na Mam rŵan.

"Bydd rhaid i mi fynd mewn munud,"
meddwn, eisiau osgoi sgwrs fawr ddagreuol.

"Does dim rhaid i ti fynd i'r gwaith heddiw,
siŵr. Bydd pawb yn dallt."

"Dwi isio mynd. Be wna i yn fa'ma?"
Dychmygais ffonio Kevin, y bòs, efo'r esgus:
'Fedra i ddim dod i mewn heddiw, Kev, ma fy
ffrind gora 'di lladd ei gariad.' Be fyddai o'n
ei ddweud? Beryg na fyddai Kevin, hyd yn
oed, yn gallu meddwl am ateb clyfar i hynna.

"Ti mewn sioc," meddai Mam. "Ma
hynny'n naturiol. Ond dwi wir yn meddwl y
basa hi'n well i ti aros yma, wsti. Falla daw'r
heddlu i dy holi di."

"Deud wrthyn nhw bod fy shifft i'n gorffan
am saith."

Codais ar fy nhraed, a phlygu i roi sws ar
dalcen Mam. Do'n i ddim wedi gwneud hynny
ers amser hir, ac roedd o'n teimlo'n braf.

"Am unwaith, gwaith ydi'n union be dwi
angen. Gwerthu petrol a disel a fferins
a brechdana i bobol. Cha i ddim cyfla i
feddwl..."

Nodiodd Mam, cyn dweud, "Cofia 'mod i yma i chdi, cyw. Pryd bynnag ti isio, ddydd neu nos. Jest *plis*... siarad efo fi."

3

Fel arfer, roedd shifft pnawn Sul yn y garej yn hawdd – y lonydd yn dawel, pawb adre'n gorffwys, un ai'n nyrsio cur pen ar ôl noson fawr neu'n paratoi ar gyfer wythnos arall. Ond roedd y diwrnod y lladdodd Al ei gariad yn un hyfryd o heulwen crasboeth, a phenderfynodd y byd a'i fam eu bod nhw am drip yn eu ceir. Roedd y garej fel ffair. Dim ond Kevin a minnau oedd yn gweithio ac roedd ciws o ddau neu dri car yn aros am betrol drwy'r pnawn.

Ro'n i'n falch nad oedd fawr o gyfle i gael hoe. Roedd Kev wedi bod yn fy llygadu efo rhyw hen olwg o ddychryn drwy'r shifft. Yn lle fy nwrdio i am fod bum munud yn hwyr, y cyfan ddywedodd o pan gyrhaeddais i oedd, "Do'n i'm yn siŵr oeddat ti am ddŵad heddiw."

Nodiais. Os oedd Kev yn gwybod be oedd Al wedi ei wneud, mae'n rhaid bod y stori'n dew dros y dre. Sawl gwaith, edrychai Kev fel petai o ar fin dweud rhywbeth wrtha i, ond nad oedd o'n siŵr iawn pa eiriau i'w defnyddio. Yn y diwedd, ni fu raid iddo yngan gair. Tua diwedd y shifft, daeth dynes leol i mewn. Roedd hi'n byw ychydig ddrysau o'r garej ac yn piciad i mewn yn aml am lefrith neu far o siocled. Cerddodd o gwmpas y siop yn codi pethau, ei gwallt golau wedi ei grafu 'nôl mewn pelen flêr, a'i hwyneb crwn yn welw. Teimlwn ei llygaid arna i.

Gosododd ddau Bounty a photel o Diet Coke ar y cownter o 'mlaen. Ro'n i'n gwybod cyn iddi agor ei cheg ei bod hi am ddweud rhywbeth. Roedd ganddi olwg beryg ar ei hwyneb.

"Synnu bod *ti*'n gweithio, efo pob dim sy 'di digwydd."

Roedd amryw o'r cwsmeriaid wedi crybwyll y llofruddiaeth ond wnaeth neb gyfeirio at fy nghysylltiad i efo Al cyn hon. Sganiais y siocled a'r pop drwy'r til.

"Tair punt tri deg wyth, plis."

"Ffrindia gora efo fo, dwyt? Dwi 'di'i weld o fewn yn fa'ma fwy nag unwaith. O'n i'n gwbod bod 'na rwbath rhyfadd amdano fo..."

Daliais fy llaw allan am y pres.

"Dwi methu peidio meddwl am yr hogan fach... Meg... Am ei theulu hi. Siŵr gin i eu bod nhw'n gweld chwith bod neb wedi neud dim i'w stopio fo." Agorodd ei phwrs yn araf, a chyfri'r pres, ac yna'u gosod ar yr wyneb plastig rhyngon ni, gan anwybyddu fy llaw.

Ar ddiwedd y shifft, wrth i mi dynnu fy siaced amdanaf, trodd Kev ata i a dweud, "Os ti angen chydig o ddyddia i ffwr'..."

"Na. Wela i di fory."

Cerddais adre'n araf drwy haul ola'r dydd.

'O'n i'n gwbod bod 'na rwbath rhyfadd amdano fo.' Dyna ddywedodd y ddynes am Al, heb drafferthu i guddio'r gwenwyn yn ei llais. Roedd hi'n fy meio i, hefyd, mae'n amlwg – beryg y byddwn innau, gydag amser, yn gwneud yr un fath. Ond fedrwn i ddim anghytuno efo hi bod rhywbeth rhyfedd am Al. Un od ar y diawl oedd o wedi bod ers i mi ei nabod o.

***

"*No way* oedd honna'n gôl," cwynodd Al wrth i ni gerdded o'r cae chwarae ar ôl gwers chwaraeon. Roedd ein tîm ni wedi'n trechu gan gôl oedd yn edrych yn uffernol o debyg i *off-side*, ond doedd fawr o ots – dim ond gêm ysgol oedd hi. Ond roedd tymer y diawl ar Al, a phethau bach fel 'na'n ddigon i'w wneud o'n hen sglyfath blin.

"Collwr gwael," meddai un o'r hogiau eraill, yn gwybod sut oedd tynnu arno fo.

"Dwi ddim yn gollwr gwael! Ddaru ni ddim blydi colli, ddim 'san ni'n chwara i set call o reola, eniwe." Gallwn weld y gwrid yn codi ar ei ruddiau.

"Dim ots, nag oes. Gawn ni gêm gall ddydd Sadwrn," meddwn i'w leddfu o. Roedd ein tîm ni, y tu allan i'r ysgol, yn araf gropian o waelod y gynghrair, ac roedd hynny'n plesio Al.

"Ia! Ti'n iawn! 'Nawn ni'u hamro nhw." Poerodd Al ar y llawr, fel petai o'n gallu poeri ei dymer 'run pryd. "Dim ryw gêm Mickey Mouse fel honna 'ŵan."

Ond er iddo gau ei geg am y gêm, medrwn i weld bod ei dymer o wedi ei hogi am weddill y dydd, ac roedd rhyw berygl yn yr aer o'i gwmpas drwy gydol gwersi'r pnawn. Efallai bod perygl yn air rhy gryf, hefyd. Efallai mai dim ond wrth edrych yn ôl y medra i ddweud hynny. Wedi'r cyfan, cyn hynny, dim ond arwyddion bach ro'n i wedi eu gweld o'i ochr dywyll o – yr enwau ffiaidd y galwai ar ei fam y tu ôl i'w chefn; y lluniau afiach a wnâi yn llyfrau ysgol y disgyblion mwya swil pan oeddan nhw ddim yn sbio; y dwylo sydyn yn llenwi poced efo da-das o'r siop fach wrth yr ysgol. A phethau bach oedd y rheiny o'u cymharu efo llawer iawn o be roedd rhai o'r hogiau eraill yn ei wneud. Efallai, rhesymais â mi fy hun, y byddai'n stopio taswn i'n ei anwybyddu o.

Ond y prynhawn hwnnw, ar ôl colli'r gêm bêl-droed, gwaethygu wnaeth Al. Wedi i'r gloch olaf ganu a phawb yn heidio o'r ysgol, cerddodd y ddau ohonom ar hyd y llwybr.

Wedi i ni gyrraedd y lôn, stopiodd Al, a gwenu. Welais i rioed y ffasiwn wên yn fy myw, a wna i byth mo'i hanghofio hi.

Roedd o'n gwenu'n afiach.

Roedd fan hufen iâ wedi parcio ger y pafin, ond gan ei bod hi'n ddiwrnod digon llwyd ac oer, doedd dim ciw o ddisgyblion wrth y ffenest. Dim ond un a safai yno, yn cyfnewid pres am hufen iâ 99 efo Flake.

Trodd fy stumog wyneb i waered, fel taswn i'n gweld llwynog yn hoelio'i lygaid ar oen bach. Roedd poenydio hon yn mynd i fod mor hawdd i Al.

Greta.

Wn i ddim a glywais i hi'n siarad erioed. Roedd hi'n swil gythreulig, ar ei phen ei hun o hyd, ac yn symud o gwmpas coridorau'r ysgol fel tasa hi'n trio diflannu. Ac mae'n anodd diflannu pan dach chi'n bedair ar ddeg oed ac yn ddeunaw stôn.

"Byta di hwnna 'ŵan, Greta," meddai Al, gan gerdded yn frawychus o araf tuag ati. "Cyn i chdi ddiflannu."

Safodd Greta, ei hwyneb crwn yn llosgi. Gwridais innau, o embaras a ffieidd-dra bod Al yn gallu bod mor uffernol o greulon.

"Byta fo, ta! Mae o'n dechra toddi'n barod! Ti'm isio wastio fo, nag oes!" Cerddodd mewn cylch o'i chwmpas. Sylwais, er mor greulon, pa mor olygus oedd o'n edrych efo'i wallt golau a'i lygaid gleision. Edrychai Greta druan yn hyll yn ei ymyl o.

Daeth Al i stop o flaen ei hwyneb. "Byta fo!"

Syllodd Greta ar y llawr.

"Ti 'di talu amdano fo! Byta'r blydi ais crîm, hogan!"

Roedd o'n flin rŵan. Roedd o wedi cael digon ar chwarae efo

hi. Gwelais yn glir ei fod o am ei gweld hi'n cael ei brifo.

"Cym on, y bitsh dew! Rhaid bod ti'n byta dega o'r rheina i fod y seis wyt ti!"

Yn araf, cododd Greta'r hufen iâ at ei cheg. Wrth iddi godi ei hwyneb, gallwn weld ei bod hi'n crio.

"Paid â'i fyta fo." Rhuthrais ymlaen, fel tasa rhywun wedi gwasgu botwm arna i. Fyddwn i ddim yn maddau i mi fy hun am wylio hyn. Gwell troi tymer tanllyd Al ata i na bod yn rhan o'r poenydio afiach yma. Trodd Al a Greta eu llygaid ata i. Chymerodd Greta ddim blas o'r hufen iâ. "Os wyt ti ddim isio gneud, paid â'i fyta fo," meddwn wedyn, yn flin â mi fy hun am sefyll yn gwylio cyhyd.

"Be 'di o i'w wneud efo chdi?" Poerodd Al yn ddig.

"Ti'n goc oen weithia, Al." Trois fy nghefn, a dechrau cerdded i ffwrdd tuag adre.

"Ffansïo hi, wyt ti?" gwawdiodd yntau. "Isio copio off efo hi? Ella bod gin ti bwynt – ma 'na ddigon ohoni i'r ddau ohonan ni..."

Trois yn ôl, gan dechrau poethi gydag

atgasedd at fy ffrind. "Gad lonydd iddi! Ma raid bod rhywbeth wir yn bod efo chdi os wyt ti'n cael cic allan o neud i bobol eraill deimlo fatha cachu."

Newidiodd rhywbeth yn ei wyneb, a fedrwn i mo'i ddarllen o.

"Cau dy geg."

"Ia, ia. Gwir yn brifo, dydi? Dos adra, Al."

Ac mi aeth o, a'i gorff yn stiff o rwystredigaeth. Gwyliais o'n dyrnu drws garej wrth basio. Canodd y sŵn o gwmpas y stryd fel cloch eglwys.

Trois at Greta, gan ddisgwyl iddi wenu neu ddiolch neu ymateb mewn rhyw ffordd, ond dim ond syllu i lawr wnaeth hi, yr hufen iâ'n toddi o gwmpas ei bysedd ac yn dripian fel dagrau.

***

Mi benderfynais i 'radeg honno nad o'n i am wneud cymaint efo Al. Nid 'mod i am stopio siarad efo fo na'i anwybyddu fo na dim byd felly. Nid plant bach oeddan ni, a beth bynnag, roeddan ni'n bartneriaid lab ac yn chwarae i'r un tîm pêl-droed. Ond do'n i ddim am dreulio fy amser yn poeni am be oedd o'n mynd i'w wneud nesa. Ac yn sicr do'n i ddim eisiau bod mewn sefyllfa debyg i'r un efo Greta byth eto.

Ond roedd o'n ddiawl clyfar ac yn fy nabod i'n ddigon da erbyn hynny i wybod sut i weithio'i ffordd yn ôl i 'mywyd. Wnaeth o ddim gwylltio pan eisteddais i ar ben arall bwrdd y criw i fwyta 'nghinio. Wnaeth o ddim ymateb o gwbwl, a dweud y gwir. Pan ddechreuais i gerdded adre ar hyd ffordd wahanol i beidio gorfod ei weld o, ddaru o ddim crybwyll y peth. Yn y lab, yn lle bod yn bwdlyd a phlentynnaidd, fel ro'n i wedi'i ofni, roedd o'n gyfeillgar ac yn ddigri.

A waeth i mi gyfaddef bod Al yn medru bod yn gwmni da. Roedd o'n ddoniol, yn ddifyr, yn llawn hwyl. Ro'n i'n mwynhau bod efo fo. Ac roedd o'n hael. Byddai'n rhoi pethau i mi heb feddwl ddwywaith. Ar ôl gêm bêl-droed un Sadwrn yn y cyfnod o'n i wedi penderfynu peidio gwneud cymaint efo fo, safai'r hogiau i gyd yn y caffi bach yn y ganolfan hamdden, yn chwys ac yn fwd i gyd, yn llyncu caniau o bop.

"Ti'm yn cael diod?" gofynnodd Al.

"Wedi anghofio 'mhres." Roedd hynny'n gelwydd. Doedd Mam ddim yn cael ei thalu tan ddiwedd yr wythnos ganlynol, a 'mhres poced i'n gorfod aros. "'Di o'm ots, ga i ddiod adra."

Heb ddweud gair, estynnodd Al am gan o ddiod a bar o Snickers – daria fo, roedd o'n gwybod p'run oedd fy ffefryn – a thalu amdanyn nhw. Daliodd nhw allan o'i flaen, a'u cynnig i mi.

Do'n i *wir* ddim eisiau eu cymryd nhw. Ond be fedrwn i wneud? Gwrthod? Troi fy ngefn, troi fy nhrwyn? Roedd o'n bod yn glên, a byddai dweud 'Na' yn ddigywilydd.

"Diolch," meddwn, a chymryd y pop a'r siocled. "Mi wna i dy dalu di 'nôl."

"Dim isho i chdi, siŵr."

Cerddodd Al adra efo fi'r pnawn hwnnw. Roedd *rhaid* i mi ei wahodd i mewn am chydig. Mi fyddai wedi bod yn rhyfedd peidio, ac ar ôl hynny, dyna fo. Roeddan ni'n dau yn ffrindiau agos eto, a wnaeth 'run ohonon ni grybwyll enw Greta wrth ein gilydd eto.

***

Pan gyrhaeddais i adra o'r shifft pnawn, roedd Mam yn eistedd yn union yr un lle â phan adawais i hi.

"Wyt ti 'di bod yn ista yna drwy'r dydd?" gofynnais yn chwareus, ond wnaeth hi ddim gwenu wrth godi ei llygaid. Na, hi oedd yn iawn, beryg – doedd hyn ddim yn amser i dynnu coes.

"Mae 'na lwythi o bobol wedi galw. Llwythi o dy ffrindia di."

Agorais giât yr ardd a cherdded i lawr y llwybr tuag ati. Roedd paned ar ei hanner mewn hen fŵg wrth ei thraed noeth. "Do?"

"Roeddan nhw'n methu coelio dy fod ti wedi mynd i mewn i'r gwaith."

Ochneidiais, a theimlo'n euog am fynd. Falla bod gweithio ar ddiwrnod fel heddiw yn gwneud i mi edrych fel tasa ddim ots gen i. Fatha taswn i'n galon-galed. "Dwi ddim yn trio gwneud y peth rong."

"Wn i, cyw," cysurodd Mam, ei llais yn feddal. "Nid dyna o'n i'n drio'i ddeud. Jest bod pobol yn dallt cymaint ma hyn yn mynd i effeithio arna chdi, dyna i gyd. Ma pawb yn meddwl amdanat ti."

Fedrwn i ddim dallt hynny ar y pryd. Meddwl amdana i? Pam? Fasa fo ddim yn well iddyn nhw feddwl am deulu Meg druan, neu deulu Al hyd yn oed? Do'n i ddim eisiau iddyn nhw feddwl amdana i. Doedd o'n ddim byd i'w wneud efo fi.

"Mi dda'th yr heddlu, hefyd. Maen nhw am ddŵad yn eu hola heno, i siarad efo chdi."

Nodiais, gan deimlo'n flinedig yn sydyn, a ddim yn siŵr a oedd hynny oherwydd cwrw neithiwr neu rywbeth arall. "A' i am gawod gyflym," meddwn, gan gamu heibio Mam i'r tŷ. "Dwi 'di chwysu chwartia yn y gwaith. Roedd hi'n berwi."

"Mae 'na ginio dydd Sul i ti yn y meicrowêf," galwodd Mam.

Ar ôl cawod boeth a dillad glân, eisteddais wrth fwrdd y gegin yn bwyta. Chwarae teg i Mam, roedd hi'n wych am goginio cinio dydd Sul. Doedd dim byd cystal â fo yn y byd. Roedd hi wedi dod i mewn o'r ardd, a hithau'n dechrau nosi y tu allan, ac yn eistedd o flaen y teledu yn gwylio rhyw rwtsh. Doedd hi ddim yn ei wylio fo go iawn, chwaith. Roedd ei llygaid ar y ffenest ac roedd hi'n cnoi ei hewinedd.

Wrth i mi roi'r llestri yn y sinc, arhosodd car heddlu y tu allan i'r tŷ. Llyncais fy mhoer, a blas y grefi'n dal yn fy ngheg. Gwyliais blismon tal tywyll a phlismones fach gron yn camu o'r car ac yn sbio ar ein tŷ ni, eu hwynebau'n ddifrifol.

"Maen nhw yma," meddwn, a chododd Mam i agor y drws.

Fedrwn i ddim cwyno. Roeddan nhw'n ddigon clên. Wnaeth 'run ohonyn nhw ddweud dim byd cas, nac awgrymu unrhyw beth a wnaeth i mi boeni y dyliwn i deimlo'n euog. Ond roedd y ffaith eu bod nhw yno o gwbwl yn ddigon i fy rhoi i ar binnau, a theimlo fel taswn i ar brawf.

"Fedri di ddeud wrthan ni pryd welaist ti Aled a Megan ddwytha?" gofynnodd y blismones, ei phensil uwch ei llyfr sgwennu, yn barod i nodi fy ateb.

"Yn cerdded o'r pyb wrth y pier. Roedd hi jest ar ôl *last orders*. Roedd y ddau 'di meddwi."

"Pam wyt ti'n deud hynna?" gofynnodd y plismon. "Be nath i chdi feddwl eu bod nhw'n feddw?"

"Wel, roedd o i'w weld yn llygaid Al," cyfaddefais, gan gofio'n glir y ffordd roedd ei wyneb o'n symud pan oedd o wedi ei dal hi – yn araf, fel tasa fo'n hanner cysgu. "Ac roedd Meg yn trio cerdded ar ryw sodla uchal, ac yn baglu dros bob man." Gwenais wrth gofio mor wirion roedd hi'n edrych ac yna, am y tro cyntaf ers i mi glywed be ddigwyddodd, daeth rhyw hen don afiach drosta i.

Roedd Meg wedi marw rŵan.

"Ydyn nhw'n yfed gormod yn aml?"

Ochneidiais. "'Dan ni i gyd yn yfed gormod yn aml. Yn enwedig Al, ella. Sgynno fo'm job na'm byd... Wel, mae o 'di cymryd blwyddyn allan ar ôl gorffan ysgol, i benderfynu'n iawn be mae o isio neud..."

Roedd o wedi sôn y byddai o'n teithio neu'n cael joban ran amser fel oedd gen i, ond roedd yr wythnosau wedi mynd yn fisoedd, a doedd hi ddim yn teimlo fel bod gan Al unrhyw uchelgais heblaw ei chwalu hi ar y cwrw bob nos Wener a nos Sadwrn.

"Wnest ti glywed gan Aled neu Megan yn hwyrach yn y noson? Neu'r oria mân?"

"Naddo. Wel, mi ddaru o drio ffonio, a tecstio cwpwl o weithia. Welais i mo'r tects tan bora 'ma." Codais i nôl fy ffôn o fwrdd y gegin a'i roi o i'r plismon. Wrth ei weld o'n chwilio am y wybodaeth, daeth ton afiach arall.

Roedd o wedi ffonio. A thecstio. Roedd o eisiau dod yma i aros. Dyna ddywedodd o. Taswn i wedi ateb y ffôn, neu weld y negeseuon... Taswn i wedi siarad efo fo, neu decstio, hyd yn oed...

Mi faswn i wedi gallu stopio hyn rhag digwydd.

"Faint o'r gloch ddigwyddodd o?"

gofynnais, fy llais yn wan. Symudodd Mam i eistedd yn fy ymyl, a rhoddodd ei braich amdana i, yn clywed bod fy llais yn grynedig a gwan. "Faint o'r gloch laddodd o hi?"

Edrychodd y plismon i fyny o'r ffôn, yn amlwg wedi gweithio allan yr un pryd â fi fod y galwadau a'r neges olaf wedi dod yn agos iawn at y foment pan...

"Tua hanner awr wedi dau, 'dan ni'n meddwl," atebodd yn dawel.

"*Shit*," ochneidiais, a gorchuddio fy wyneb â 'nwylo. Roedd o wedi danfon neges i mi, wedi ffonio ar ôl iddo fo'i laddi hi. "Pam uffar 'sa fo'n ffonio *fi*? Be 'swn i 'di gallu gneud?"

Rhwbiodd Mam fy nghefn, fel roedd hi'n arfer gwneud pan o'n i'n hogyn bach ac yn sâl.

"Dwi'n dallt bod hyn yn anodd i ti," meddai'r blismones yn dawel, "ond mae'n rhaid i ni drio dallt be ddigwyddodd. Fysat ti'n dweud bod Aled yn gymeriad treisgar?"

Ysgydwais fy mhen i ddechrau ond wedyn, wrth i hen atgofion pigog ddechrau crafu, llonyddais.

"Roedd o'n gallu bod." Roedd fy llais yn dawel, dawel. Roedd sŵn beiro'r blismones yn gwneud nodiadau yn ei llyfr bach fel llygoden yn crafu. "Roedd o'n foi iawn... *Mae* o'n foi iawn. Jest bod gynno fo dempar."

"Fedri di roi esiampl i ni?"

Ochneidiais, a theimlo lwmp tywyll du yn caledu yng ngwaelod fy stumog. Dyna pryd wnes i ddechrau dallt yn iawn, dwi'n meddwl.

Mae'n rhaid i mi gyfaddef, mi ddechreuais i grio fel babi bach.

"Mi wnawn ni ddod yn ôl," meddai'r blismones, a chaeodd ei llyfr bach a'i roi i gadw. Tynhaodd gafael Mam arna i, a medrwn ei theimlo hithau'n crio hefyd, ei chorff yn crynu efo dagrau. "'Fory, mae'n siŵr. A bydd rhaid i ti ddod i'r stesion i wneud datganiad swyddogol."

"Pam fo?" gofynnodd Mam yn ddagreuol. "Pam Cai?"

"Am mai fo oedd un o'r rhai olaf i weld Meg yn fyw, ac am mai efo fo y cysylltodd Aled ar ôl... Ar ôl iddo fo'i lladd hi," atebodd y plismon, gan sefyll ar ei draed. "Ac am ei fod o'n gymaint o ffrindiau efo Aled. 'Dan ni angen dallt yn union sut gymeriad oedd o cyn mynd â fo i'r llys."

Nodiais. "Mae'n ocê. Dwi'n dallt pam bo' chi yma."

"Bydd rhaid i ni gadw dy ffôn di, hefyd, mae arna i ofn," meddai'r plismon, gan roi'r ffôn bach gwyn oedd wedi costio pythefnos o gyflog i mi yn ei boced. Fedrwn i ond nodio. "Mae o'n ddarn pwysig o dystiolaeth. Mi gei di o'n ôl pan fyddan ni wedi gorffan efo fo."

"Iawn."

Symudodd y ddau i adael ond codais ar fy nhraed cyn iddyn nhw gyrraedd y drws. Ro'n i'n teimlo'n rhyfedd i gyd, a hithau wedi bod mor hir ers i mi grio go iawn fel hyn.

"Sut wnaeth o'i lladd hi?"

Trodd y ddau i edrych arna i.

"Cai..." meddai Mam o'r soffa. "Falla bod hi'n well peidio gwbod..."

"'Dan ni ddim i fod i ddeud," atebodd y blismones yn dawel. "Mi fydd mwy o fanylion yn cael eu gwneud yn gyhoeddus pnawn 'ma... Os gadwi di lygad ar y newyddion..."

"Plis," crefais. Wyddwn i ddim pam 'mod i am wybod, ond roedd o'n teimlo'n bwysig 'mod i'n gallu cael llun clir o'r hyn ddigwyddodd rhwng Al a Meg yn fy meddwl. "Plis."

Edrychodd y ddau blismon ar ei gilydd a nodiodd y dyn rhyw fymryn. Ochneidiodd y blismones ac edrych i fyny arna i.

"Ei gwthio hi i lawr y grisia."

"Ond... Falla mai disgyn wnaeth hi!" Hyd yn oed wrth i mi ddweud y geiriau, ro'n i'n gwybod nad dyna ddigwyddodd. Y gwir afiach oedd, mi fedrwn i ddychmygu Al yn ei lladd hi. Ro'n i'n gweld ei wyneb o'n gandryll wrth iddo'i gwthio hi...

"Mi wnaeth o gyfaddef yn syth. Ac mae'r cymdogion yn dweud bod y ddau'n ffraeo ers oria. Ma hi'n edrych yn debyg ei bod hi wedi trio gadael y tŷ, ac wedyn..."

Nodiais, a sibrwd diolch. Gadawodd y plismyn mewn tawelwch, ac wrth i'w car yrru i ffwrdd, pwysais dros y sinc a chwydu 'nghinio dydd Sul yn lympiau brown hyll.

4

Wnes i ddim cysgu.

Er 'mod i wedi blino'n lân. Roedd Mam a minnau wedi eistedd yn y stafell fyw tan yn hwyr, yn dweud dim byd, jest yn crio fatha dau blentyn bach. Roedd y teledu mlaen ac, ambell dro, mi fyddai darn o ryw raglen neu'i gilydd yn dwyn fy sylw i. Ac wedyn, ar ôl ychydig funudau, mi fyddwn i'n cofio, ac yn teimlo'n euog am wneud peth mor normal â gwylio'r teledu.

"Dwi'n mynd i'r gwely," meddai Mam wedi iddi droi un ar ddeg o'r gloch. Roedd golwg uffernol arni, ei cholur du'n greithiau i lawr ei bochau, a'i gwallt dros bob man. Cododd o'r soffa.

"Iawn."

"Paid ti â'i gadael hi'n rhy hwyr, iawn?" meddai, gan roi sws ar fy nhalcen i. Nodiais ac yna troi fy wyneb yn ôl at y teledu. Roedd ffilm yn dechrau – rhywbeth am dditectif yn

America oedd yn gorfod gweithio allan pwy oedd wedi llofruddio llwyth o bobol. Codais am eiliad i ddiffodd golau'r stafell fyw, cyn eistedd yn ôl, a dim ond y teledu yn goleuo fy wyneb.

Dechreuodd y ffilm efo lladd.

Hogan ifanc, ddel yn cerdded ar hyd rhyw stryd, a chysgod o foi yn ei dilyn hi. Yna, troi i ryw adeilad mawr a gweld rhywun roedd hi'n nabod: dweud helô, cyfnewid brawddeg am y tywydd. Cerdded i fyny grisiau tywyll a dod at goridor yn llawn drysau. Estyn am ei goriad. Ei golli o ar lawr. Ochneidio a phlygu ar ei chwrcwd i'w godi. Ffitio'r goriad i'r twll ac agor y drws.

Roedd ei fflat yn flêr a lluchiodd ei bag ar y soffa, cyn camu allan o'i sodlau uchel. Roeddan ni, y gwylwyr, yn gweld y dyn mewn du yn dod i mewn i'r fflat y tu ôl iddi. Ond, wrth gwrs, fedrai hi weld dim.

Trodd yr hogan, a gweld y dyn. Llenwodd

ei hwyneb y sgrin – llygaid llydan, llawn ofn; ceg rhyw fymryn yn agored, wedi cael gormod o syndod i sgrechian.

Aeth y sgrin yn ddu am hanner eiliad, cyn dechrau golygfa newydd: ditectif mewn swyddfa, yn smocio ac yn llowcio paned. Wnaeth y ffilm ddim dangos be ddigwyddodd i'r hogan nac esbonio be wnaeth y dyn mewn du.

Medrwn i weld y cyfan yn fy mhen. Mae'n rhaid bod y dyn wedi cydio yn yr hogan, wedi mynd â hi i ben y grisiau…

Na. Na. Estynnais am y *remote control* i droi'r sianel. Nid ffilm am Al a Meg oedd hon. Bywyd go iawn oedd be ddigwyddodd iddyn nhw. Dois o hyd i sianel gerddoriaeth a setlo ar honno. Beryg y byddwn i'n saff i wylio *boy bands* gwael a genod del yn dawnsio. Doedd dim yn fan'no i f'atgoffa i o Al na Meg.

Ro'n i'n anghywir, wrth gwrs. Pan mae rhywun wedi nabod rhywun arall cyhyd ag o'n i wedi nabod Al, pan mae rhywun wedi rhannu bron bob dydd efo nhw, mae'r pethau lleia'n medru codi atgof.

"Fysat ti'n dweud bod Aled yn gymeriad treisgar?" Dyna oedd y blismones wedi gofyn, a finnau wedi methu rhoi ateb call iddi. Ro'n i'n gwybod yr ateb yn iawn, wrth gwrs, ond byswn i'n teimlo'n wirion o'i fradychu trwy ddweud 'Yndi, treisgar ofnadwy. Faswn i byth yn ei drystio fo, tydi o'm hanner call.' Dyna y dyliwn i fod wedi'i ddweud. Pam ro'n i'n teimlo'r ffasiwn deyrngarwch tuag at rywun oedd wedi gwneud y ffasiwn beth?

***

Do'n i ddim yn ymweld â chartref Al yn aml. Er ei fod o'n fawr ac yn grand, a'r cypyrddau wastad yn llawn o fwyd a diod, roedd ein tŷ ni yn fwy cyffyrddus o lawer. Roedd Al fel petai o'n medru ymlacio'n llwyr efo Mam a minnau. A dweud y gwir, ar ambell achlysur, arhosai'n hwyr, a byddai'n rhaid i Mam fynnu ei fod o'n mynd adre cyn i'w rieni ddechrau poeni.

Ond ambell dro, ro'n i'n cael esgus i ymweld â'r tŷ mawr ym mhen ucha'r dre. Ym mlynyddoedd cynnar ein cyfeillgarwch, dim ond ni oedd yno, fel arfer, ond wrth i ni fynd yn hŷn, roedd Elliw o gwmpas yn amlach. Roedd hi'n ddigon hen i aros adre ar ei phen ei hun erbyn hynny. Fedrwn i ddim peidio â theimlo bechod drosti. Roedd hi wedi troi o fod yn hogan fach gron i fod yn dal, dal ac yn ofnadwy o denau. Doedd hi bron byth yn gwenu ac roedd ei chroen yn dynn dros esgyrn ei hwyneb, fel sgerbwd. Doedd ganddi ddim arlliw o dlysni ei brawd. Fyddai neb wedi dyfalu bod y ddau'n perthyn i'w gilydd.

Roedd Al yn ei chasáu hi.

Ydi 'casáu' yn derm rhy gryf, tybed? Wn i ddim. Does gen i ddim brodyr na chwiorydd, a dwi'n gwybod ei bod hi'n normal cael ffraeo gwirion o fewn teulu. Ond roedd rhywbeth yn giaidd am y ffordd nad oedd o'n medru pasio drws ei llofft heb weiddi rhywbeth cas, a'r wyneb roedd o'n ei wneud pan oedd o'n ei gweld hi, fel tasa fo'n clywed oglau atgas. Ond efallai fod hynny'n normal. Efallai mai fel 'na mae brodyr a chwiorydd.

Doedd y ffordd roedd o'n teimlo am ei dad yn sicr ddim yn normal.

Ro'n i wedi cwrdd ag o ambell waith yn eu tŷ nhw. Dyn tal, sgwâr, oedd yn edrych yn rhy ifanc i fod yn dad i Al. Roedd y tad a'r mab yn debyg, hefyd, er y byddai Al wedi casáu 'nghlywed i'n dweud hynny. Yr un gwallt golau; yr un llygaid gleision, clir; yr un gwefusau trwchus, pinc. Fyddai tad Al byth yn cymryd fawr o sylw ohona i, ond roedd hynny'n haws gen i na ffalsrwydd ei wraig. Byddai'n nodio helô arna i, gofyn am sgôr y pêl-droed, efallai, ond roedd rhywbeth arall yn mynd â'i sylw o hyd – rhyw waith marcio dros y bwrdd bwyd, neu'r papur newydd, neu wneud rhywbeth ar ei ffôn. Fyddwn i ddim yn dweud ei fod o'n ddyn serchus iawn, ond fyddwn i ddim yn dweud 'mod i'n ei ddrwglicio fo chwaith. Doedd gen i ddim diddordeb. Doedd gen i ddim barn.

Tan y bore hwnnw ddwy flynedd yn ôl. Roedd hi'n amhosib peidio bod â barn amdano fo ar ôl hynny.

Y gwanwyn cyn i Al a minnau wneud ein harholiadau TGAU oedd hi. Bore Sadwrn, braf ond oer, ac roeddan ni wedi bod yn chwarae pêl-droed. Roedd y tîm wedi ennill ac roedd hwyliau da ar y ddau ohonan ni. Roeddan ni wedi piciad i dŷ Al iddo fo gael newid a nôl ei bres cyn cwrdd â rhai o'r hogiau eraill a mynd ar y bws i Landudno i wylio ffilm. Gydag awr neu ddwy i sbario, dechreuodd Al a finna chwarae gêm gwffio ar y peiriant.

Sŵn y drws ffrynt. Sŵn lleisiau. Edrychais draw at Al ond wnaeth o ddim dangos ei fod o'n clywed dim byd. Ond roedd hi'n amlwg o dôn eu lleisiau fod ei rieni'n ffraeo.

Do'n i ddim yn medru clywed eu geiriau i ddechrau, dim ond y teimlad y tu ôl iddyn nhw. Ond wrth i'r ffrae waethygu, codi wnaeth eu lleisiau, a medrwn glywed ambell air, ambell reg, yn codi i'r llofft.

"… bitsh wirion, yn siarad efo fi fel 'na…"

"… wastad yn 'y mychanu i o flaen dy ffrindia! Pa fath o ddyn…"

"… ti'n gwbod be gei di neud…"

Ochneidiodd Al ar ôl saib anghyffyrddus. "'San nhw ddim fel hyn tasan nhw'n gwbod bo' ti yma."

Wyddwn i ddim sut i ateb. Parhaodd y ddau ohonon ni i chwarae, ond cododd y lleisiau'n uwch ac yn uwch tan bod y ddau'n sgrechian y rhegfeydd mwyaf ofnadwy ar ei gilydd.

Roedd arna i ofn yr adeg honno. Ofn go iawn y bydden nhw'n lladd ei gilydd.

"Fydda ddim well i ni fynd i lawr y grisia?" gofynnais, yn awyddus i beidio dweud y peth anghywir, ond yn methu diodda'r twrw.

"Fel 'ma maen nhw."

"Yn aml?"

Nodiodd Al, heb dynnu ei lygaid oddi ar y sgrin. "Maen nhw'n methu diodda'i gilydd. 'Sa neb yn gallu diodda'i gilydd yn y teulu yma."

Yn sydyn, daeth rhyw dawelwch annisgwyl ac roedd hynny'n ddigon i wneud i Al roi'r *remote control* i lawr. Neidiodd ar ei draed a'i heglu hi drwy'r drws. Ar ben y grisiau, daeth Elliw allan o'i llofft a rhedodd y ddau i lawr i'r gegin, oedd fel y bedd. Cerddais innau'n araf, a phwyllo hanner ffordd. Nid fy lle i oedd mynd i ganol ffrae rhieni rhywun arall. Theimlais i rioed mor chwithig.

"Deud hynna eto!" gwichiodd mam Al wrth weld ei phlant yn dod i mewn. Swniai ei llais yn hollol wahanol i'r un gor-felys ro'n i wedi ei glywed o'r blaen. Tybed be fyddai hi'n ei wneud tasa hi'n gwybod 'mod i'n sefyll yno? "Deuda fo, Siôn! O flaen y plant! Waeth i chdi neud. Waeth iddyn nhw gael gwbod rŵan sut mae'u tad nhw'n teimlo amdanyn nhw..."

"O, cau dy geg!" poerodd tad Al, efo digon o wenwyn yn ei lais i wneud i gryndod olchi drosta i. "Paid ti â dechra dŵad â'r plant i mewn i hyn..."

"Fi? *Fi*?! Na, na, *na*. Paid ti â thrio gneud i mi edrach yn ddrwg. *Go on*, Siôn, y bastad! Deud wrthyn nhw be ddeudist ti."

Llyncais fy mhoer droeon. Doedd gen i ddim syniad fod pethau gynddrwg â hyn ar Al. Roedd ei rieni'n swnio'n filain.

"Iawn!" gwaeddodd tad Al nerth esgyrn ei ben, a neidiais wrth glywed y ffasiwn sŵn. Roedd o'n gandryll. "Iawn ta! Ddeuda i! Fyddi di'n teimlo'n well wedyn, byddi? Yn teimlo'n dda am 'mod i mor ddrwg!"

"Be ddeudoch chi?" gofynnodd Elliw mewn llais bach.

"Deud eich bod chi 'di sbwylio 'mywyd i! Y tri o'nach chi!" atebodd ei thad yn flin ac, yn sydyn, ymddangosodd yn nrws y gegin a 'ngweld i'n sefyll ar y grisiau. Syllodd arna i am eiliadau hir, anghyffyrddus, ac roedd arna i ofn gwirioneddol. Oedd o'n mynd i roi stid i mi?

Roedd o'n edrych yn *union* fel Al.

"Dos allan o 'nhŷ i," meddai mewn llais isel, bygythiol. Rhois fy mhen i lawr a'i heglu hi drwy'r drws ffrynt, yn dal i grynu efo erchylldra'r hyn ro'n i newydd ei glywed.

5

Breuddwydiais am Al.

Roeddan ni'n dau ar y pier ac roedd hi'n noson braf. Roedd yr haul yn machlud dros Sir Fôn a'r awyr yn goch, goch.

Roedd o'n rhedeg.

O 'mlaen i, ddim yn bell, roedd Al yn rhedeg tuag at ben pella'r pier, ei wallt melyn yn dawnsio yn yr awel. Ro'n i'n rhedeg ar ei ôl o nes roedd fy mrest i'n brifo a bob hyn a hyn, roedd o'n sbio dros ei ysgwydd i weld a o'n i'n dal i'w ddilyn.

Pan ddaeth y ddau ohonon ni i ben pella'r pier, trodd Al wrth y rheiliau haearn ac edrych arna i. Roedd fy anadl i'n drwm, fy nghorff yn brifo, ond doedd Al ddim yn edrych fel petai o'n flinedig o gwbwl.

Roedd o'n gwisgo gwyn i gyd, ac efo'i wallt golau a'i lygaid gleision, edrychai fel angel mewn hen baentiad.

"Pam wyt ti yma?" gofynnodd yn flin.

"Dwi ddim yn gwbod."

"Dos ta!"

Nodiais arno, ond symudais i ddim. "Be wyt ti am wneud?"

Newidiodd ei wyneb wedyn, crychu yn ddagrau i gyd. Roedd o'n edrych fel tasa'i galon o'n torri, fel hogyn bach mewn corff dyn. "O, Cai. Mae gen i rywbeth yn fy llaw."

"Be ydi o?"

Estynnodd Al ei law ac agor ei ddwrn yn ara bach. Roedd ei gledr o'n sgleinio'n goch, yn waed i gyd.

"Gawn ni olchi fo!" meddwn, ond ysgwyd ei ben wnaeth Al.

"Na. Ond diolch am ddŵad efo fi. Diolch am redeg ar f'ôl i." Caeodd ei ddwrn a thynnu ei fraich yn ôl. "Ddaru neb arall ddŵad."

Dringodd i fyny ar y rheiliau haearn a thaflu un goes i'r ochr arall.

"Paid!" gwaeddais. "Paid, Al!"

"Sori," wylodd yntau, a gadawodd i'w hun ddisgyn i ddyfroedd y Fenai.

Dyna pryd y deffrais i.

Roedd Mam ar ei chwrcwd wrth y soffa.

Gwenodd yn drist wrth fy ngweld i'n deffro. "Sori, boi. O'n i ddim 'di meddwl dy ddeffro di. Trio rhoi'r flanced amdanat ti o'n i."

Roedd hi wedi gorchuddio 'nghorff i efo'r hen flanced ro'n i'n arfer lapio fy hun ynddi pan o'n i'n sâl yn hogyn bach – blanced gotwm las oedd yn feddal ar ôl cael ei golchi cymaint o weithiau.

"Mae'n iawn."

Dylyfais fy ngên, yn dal yn hanner cysgu. "Ydi o wedi digwydd go iawn, Mam?"

Syllodd Mam arna i'n drist. Wyddwn i ddim ai breuddwyd oedd y cyfan. Doedd o ddim yn teimlo fel rhywbeth allai ddigwydd mewn bywyd go iawn.

"Ydi Al wedi ei lladd hi?"

Nodiodd Mam a mwytho fy nhalcen fel doedd hi heb wneud ers blynyddoedd. "Yndi, boi."

Ochneidiais, a gadael i'r manylion ddychwelyd i fy meddwl. "O'dd hi'n hogan glên, sdi Mam. Meg. Ddylsa fo ddim fod wedi ei brifo hi."

Am ryw reswm, roedd hynny fel tasa fo'n

ddigon i dorri calon Mam, a dihangodd ambell ddeigryn o'i llygaid. Pwysodd ymlaen i blannu sws ar fy mraich. "Dwi mor falch ohona chdi, Cai. Dwi mor, mor falch ohona chdi."

***

Roedd Meg flwyddyn yn iau na ni yn yr ysgol, ond roedd 'na rywbeth amdani oedd yn rhoi'r argraff ei bod hi'n llawer hŷn. Ac roedd hi'n hollol, hollol wahanol i Al. Fedrwn i ddim dallt, i ddechrau, be oedd yr atyniad rhwng y ddau. Roedd Al yn llawn egni, prin yn eistedd i lawr, yn uchel ei gloch ac yn llawn hwyl. A Meg? Wel, roedd 'na lonyddwch amdani, fel tasa hi'n symud fymryn yn arafach na gweddill y byd. Doedd hi bron byth yn cynhyrfu, ddim hyd yn oed pan oedd Al wedi cael gormod o gwrw ac yn dechrau gwylltio. Fel arfer, y cyfan oedd ei angen arno fo oedd cledr llaw Meg yn gysurlon ar ei gefn, ac mi fyddai o'n tawelu.

Doedd Al ddim wedi cael cariad o'r blaen: dim un iawn, beth bynnag. Roedd genod wrth eu boddau efo fo. Roedd o'n mynd ar ddêts yn aml, ac wastad yn copio off ar ddiwedd parti. Ond doedd o ddim fel tasa llawer o ots ganddo am gael cariad tan i Meg a fo fynd i'r sinema un nos Sadwrn ddeunaw mis yn ôl. Dwi'n meddwl ei fod o wedi syrthio mewn cariad efo hi'n syth bìn. Roedd y ddau efo'i gilydd o hyd ar ôl hynny.

Roeddan nhw'n gwneud pâr del – Al yn dal ac yn olau, a Meg yn fychan ac yn dywyll, a gwallt hir fel sidan yn crogi i lawr ei chefn. A phan oedd pethau'n dda rhyngddyn nhw, roedd golwg fel hysbyseb siop ddillad drud ar y ddau, yn wên i gyd, a Meg yn cydio'n ysgafn ym mraich Al, ac yntau'n sbio i lawr arni efo gwên fach oedd yn llawn tynerwch. Ond doedd pethau ddim yn fêl i gyd chwaith.

Ar Al oedd y bai.

Doedd o rioed wedi bod yn un hwyliog iawn yn ei ddiod. Pan oeddan ni'n rhy ifanc i fynd i'r dafarn ac yn yfed seidr yn y Bible Gardens efo gweddill yr hogiau ar benwythnosau, roedd o wastad yn pigo ffeit efo rhywun, wastad yn dadlau. Ro'n i'n ei nabod o'n ddigon da i wybod sut i'w drin o, er ei fod o, ambell dro, wedi trio'i orau i 'ngwylltio i. Nid pawb oedd mor amyneddgar ac mi aeth hi'n flêr fwy nag unwaith. Hyd yn oed ein ffrindiau da ni – fel Gwion a Kieran a Jake – doedd dim ots gan Al. Roedd fel tasa'r ddiod yn ei gynddeiriogi o, a'i fod o *angen* cwffio. Pan aethon ni'n ddigon hen i gael get-awê efo mynd i dafarn, dim ond gwaethygu wnaeth o. Roedd 'na ddigon o ddynion o'r un natur â fo yn y Castle neu'r White Lion ac mi aeth Al adre a'i grys yn staeniau gwaed fwy nag unwaith.

Oedd, roedd Meg wedi bod yn ddylanwad da ond doedd hi ddim yn ddigon, bob tro, i'w ffrwyno fo. Weithiau, hi oedd yn diodda min ei dymer o, ac er mai dim ond unwaith y gwelais i hynny'n digwydd, roedd o wedi 'nychryn i.

***

Nos Wener oedd hi, y nos Wener olaf cyn Dolig dwytha. Roedd Bangor yn brysur, a

phawb yn wirion bost, fel tasan ni'n blant bach
wedi'n cyffroi at y diwrnod mawr. Mae'n rhaid
bod 'na bron i dri deg o'n criw ni allan y noson
honno – hogiau roeddan ni'n nabod o'r ysgol,
Meg a'i ffrindiau, y criw pêl-droed. Roedd hi'n
gaddo bod yn noson dda.

Ro'n i'n gweithio tan saith, felly wnes i
ddim cyrraedd y Ship tan tua naw. Meg oedd
y gyntaf welais i ac roedd y wên roddodd hi i
mi yn un drist, bryderus.

"Ti'n iawn?" gofynnais, gan drio 'ngorau i
beidio sbio ar Ffion, ei ffrind gorau, oedd yn
edrych yn hollol gojys mewn ffrog fach goch.

"Al 'di'i dal hi," oedd ateb Meg, gan nodio'i
phen i gyfeiriad y bar. Roedd o'n sefyll yn
aros am beint arall a'i lygaid yn symud yn
ddioglyd, fel roedden nhw'n gwneud pryd
bynnag roedd o wedi meddwi. Medrwn weld
ei fod o'n anesmwyth, yn symud ei bwysau o
droed i droed. Arwydd drwg.

"Ers pryd mae o allan?" gofynnais.

"Dwi ddim yn siŵr. Wedi dŵad allan efo
Ffion ydw i. Oria, 'swn i'n deud."

Mi driodd o'i orau i 'ngwylltio i'r noson

honno. Ces i 'ngalw'n *boring*, yn hyll, yn dew; ac erbyn i ni gyrraedd yr Octagon, roedd o wedi cymryd y mic allan o fy nghrys, fy sgidia, fy chwaeth mewn genod. Wnes i ddim llyncu'r abwyd o gwbwl – ei anwybyddu o oedd gallaf. Ond wedi cyrraedd y clwb, mi es i siarad efo Gwion a gweddill y criw a gadael Al wrth y bar.

Wn i ddim pa mor hir y buon ni yno – oriau, mae'n siŵr. Ro'n i wedi'i dal hi fy hun erbyn hynny a dim ond ambell gipolwg ges i ar Al drwy'r nos, yn pwyso ar y bar yn syllu'n llawn gwenwyn ar bawb. Ac wedyn, a minnau'n ddigon meddw i ddawnsio, teimlais law ysgafn ar fy ysgwydd.

Ffion. Ro'n i'n gobeithio mai wedi dod i ddawnsio efo fi oedd hi, ond roedd hi'n amlwg o'i hwyneb hi nad oedd hi yno i fwynhau. Pwysodd draw yn agos agos, i weiddi yn fy nghlust dros sŵn y gerddoriaeth.

"Ma Al 'di cael *kick out*."

Ysgydwais fy mhen. "Anghofia fo. Mae o mewn uffar o fŵd."

"Ma Meg 'di mynd ar ei ôl o, ac mae o'n

cadw twrw tu allan. Plis, Cai… Ma peryg i rywun ffonio'r cops."

Ochneidiais, cyn nodio a cherdded allan o'r Octagon, a Ffion wrth fy ymyl. Roedd Al yn boen! Pam mai fi oedd yr un oedd yn gorfod ei warchod o? Fyddai o byth wedi gwneud yr un fath i mi.

Erbyn i mi gyrraedd y tu allan, roedd un o'r bownsars mawr cyhyrog wedi gwylltio efo Al, ac roedd y ddau yn sgwario ar y pafin o flaen y clwb. Safai Meg yn eu hymyl, yn edrych wedi fferru yn ei ffrog fach wen, a hoel masgara i lawr ei gruddiau.

"Dos adra!" gwaeddodd y bownsar, gan boeri rhyw fymryn wrth wneud. Rhuthrais i sefyll rhwng y ddau, fel ro'n i wedi gwneud ddegau o weithiau o'r blaen i drio arbed cwffio.

"Pwy uffar wyt ti?" gofynnodd y bownsar yn ddig wrtha i.

"Neb. Mêt hwn." Cydiais yn ysgwyddau Al, a'i arwain oddi yno.

"Wel, ddylat ti ddewis dy fêts yn fwy gofalus," meddai'r bownsar. "A chditha," pwyntiodd at Meg. "Ddylsa chdi'm gadael iddo fo siarad fel 'na efo chdi."

"*Up yours!*" Cododd Al ddau fys ar y bownsar, a rhegodd hwnnw'n ôl cyn dychwelyd at y drws, wedi colli diddordeb.

Trodd Al ei lygaid meddw ata i. "Paid â blydi twtshad fi!"

"Dos adra, Al," meddwn, gan ollwng gafael arno. "Ti 'di yfad gormod."

"Paid â deutha fi be i neud!" Trois fy nghefn a cherdded i ffwrdd. Ro'n innau wedi yfed gormod ac yn flin efo Al, ond yn fwy blin efo mi fy hun am sortio'i drafferthion o eto fyth. Safai Meg a Ffion ar ochr arall y stryd, ac ysgydwais fy mhen wrth i mi ddal eu llygaid nhw.

"'Sa'n well i ni'i roi o mewn tacsi?" gofynnodd Meg, ei llais yn crynu. Doedd hi ddim yn un am ypsetio heb reswm, hyd yn oed yn ei diod, a meddyliais tybed be oedd Al wedi ei ddweud i wneud iddi grio fel hyn.

"Fydd 'na'r un tacsi yn ei gymryd o yn y stad yna. Gad iddo fo. Fedri di'm gwneud dim efo fo pan mae o fel 'ma."

"Dwi *yn* gallu'ch clywad chi," poerodd Al o'r tu ôl i mi. Roedd o wedi 'nilyn i at y genod.

"Dwi'n mynd adra." Trois oddi wrthyn nhw a dechrau cerdded i ffwrdd i gyfeiriad y stryd fawr. Mi fyddwn i adra ymhen chwarter awr ac mi fyddai cerdded yn oriau mân mis Rhagfyr yn oeri mymryn ar fy nhymer i.

"Dos adra efo Cai," crefodd Meg wrth Al yn ddagreuol. "Mi wneith o edrach ar d'ôl di."

Rhegodd Al ar ei gariad ac roedd atgasedd go iawn yn ei lais.

"Gad iddo fo," clywais Ffion yn dweud. "'Di o'm werth o."

Rhegodd Al arni. Hen reg filain, afiach. Doedd Ffion ddim mor llywaeth â Meg a doedd hi ddim am ddioddef ei eiriau miniog o.

"Ydi o'n gneud i chdi deimlo'n dda, yndi? Rhegi fel 'na ar genod? Gwneud i bobol er'ill deimlo'n wael?"

"Cau dy geg," atebodd Al, a'i lais yn ddigon tawel a pheryglus i wneud i mi stopio cerdded i ffwrdd.

"Ti'm yn haeddu Meg," meddai Ffion. "Ti'm yn haeddu neb, os mai fel 'na ti'n siarad efo pobol. Paid â twtshad fi!"

Ddigwyddodd o i gyd mor gyflym. Trois i'w hwynebu nhw, a gweld Al yn dal yn dynn ym mraich Ffion. Edrychai'n anferth yn ymyl y genod, a disgleiriai ei wallt golau dan lamp y stryd.

Estynnodd Meg ei llaw at fraich Al i drio'i gael o i ollwng gafael yn ei ffrind, ac wrth iddo deimlo'i chyffyrddiad, chwifiodd Al ei fraich mewn un symudiad, bron yn osgeiddig, a tharo Meg ar draws ei hwyneb.

Stopiodd amser am rai eiliadau wrth i ni'n pedwar sylweddoli'r hyn oedd newydd ddigwydd. Cymerodd Al gam yn ôl i'r lôn, wedi dychryn ei hun. Cododd Meg ei llaw at ei grudd a syllu ar ei chariad. Syllodd Ffion yn gegrwth a dechreuais i redeg.

"W't ti'n iawn?" gofynnais, wrth gyrraedd Meg. "W't ti'n iawn?"

Lapiodd Ffion ei braich o amgylch ei ffrind a nodiodd Meg yn araf.

"Dwi'm 'di brifo, dwi'm yn meddwl." Roedd hi'n welw, a golwg hollol wahanol arni i'r hogan ddel yn drwch o golur a welais i ym mar y Ship ychydig oriau ynghynt.

Sut yn y byd oedd wynebu Al ar ôl hyn? Roedd o'n edrych cynddrwg â hi.

"Nesh i'm... O'n i'm yn meddwl..." dechreuodd, ei lygaid yn llydan. Fedrwn i ddim ateb. Doedd dim byd i'w ddweud. Edrychodd Al i fyw fy llygaid, a rhywbeth yn y ffordd roedd o'n syllu yn crefu arna i i ddweud rhywbeth. Yna, mewn un symudiad cyflym, dechreuodd redeg.

"Ti'n siŵr bo' chdi'n ocê?" gofynnais i Meg, a nodiodd hithau.

"Dwi'm yn meddwl bod o 'di meddwl neud hynna," meddai hi, ei llais fel llais plentyn.

"Paid â dechra gneud esgusodion drosto fo!" atebodd Ffion. "Nath o hitio chdi, *for God's sake*!"

"Fydd o'n iawn?" gofynnodd Meg, ei llygaid yn chwilio fy rhai i. "Neith o'm byd gwirion, na wneith?"

Ysgydwais fy mhen yn araf, yn methu coelio bod ots ganddi be fyddai hanes Al ar ôl iddo fo wneud y ffasiwn beth. "Ma Ffion yn iawn. Ddylat ti'm gwneud esgusodion drosto fo." Dechreuais gerdded i ffwrdd, fy mhen yn troi ag effeithiau'r adrenalin a'r alcohol.

"Chdi 'di'i ffrind gora fo!" galwodd Meg ar fy ôl.

"Ti'm yn gall," atebodd Ffion drosta i. "Ti newydd weld sut un ydi o. Iesu Grist, *rhed* oddi wrth Al, Meg! Rhed am dy fywyd!"

***

Mi orffennon nhw am ychydig, yr adeg honno. Dim ond am ychydig wythnosau. Wnes i ddim trafod y peth efo Al erioed, ond wnes i ddim anghofio chwaith. Roedd o wedi digwydd mor sydyn, y symudiad yna, taro'i gariad – fel tasa fo'n reddfol i Al. Roedd o'n afiach.

6

Mi fyddwn i wedi medru gwneud esgusodion dros yr hyn wnaeth Al.

Ro'n i *yn* gwneud hynny, weithiau, yn fy mhen fy hun. Yn meddwl am yr holl bethau oedd ar goll yn ei fywyd o, y pethau ro'n i'n eu cymryd yn ganiataol. Yn meddwl mor hawdd fyddai wedi bod i foi fel fo, boi oedd wastad wedi dioddef o dymer tanllyd, wthio Meg fach eiddil i lawr y grisiau mewn eiliad wirion. Meddwl am y tŷ mawr roedd o'n ei alw'n gartref, ac mor wag roedd o wedi teimlo pan oeddan ni'n iau. Meddwl am lais creulon ei dad yn dweud pethau anfaddeuol.

Ond yn fwy na'r rhain i gyd, ro'n i'n meddwl am Al yn gwenu.

Achos dyna sut oedd o fel arfer – yn llawn hwyl, yn llawn chwerthin. Un o'r hogiau. Ew, roedd hi'n hawdd anghofio hynny! Mor hawdd anghofio'r pethau clên a gweld dim byd ond y drwg, rŵan ei fod o wedi gwneud rhywbeth mor uffernol.

Yr adeg y daeth o â llond bag plastig o gêmau i mi eu benthyg pan o'n i'n sâl efo brech yr ieir. Y ffordd roedd o wastad yn chwerthin ar fy jôcs i, hyd yn oed pan doeddan nhw ddim yn ddoniol, jest fel 'mod i ddim yn teimlo'n wirion. Y ffordd roedd o'n prynu blodau i Mam bob blwyddyn ar Sul y Mamau, am ei fod o'n treulio gymaint o amser yn ein tŷ ni.

Roedd o wedi bod yn ffrind mor dda i mi, a wnes i ddim sylweddoli tan i mi ei golli o. Achos fel 'na roedd o'n teimlo. Fel tasa fo wedi marw hefyd. Yn y misoedd ar ôl i Meg farw, ro'n i'n aml yn teimlo ar goll, yn ysu am gael siarad efo fo neu'i decstio fo neu jest mynd am beint.

"Mi gei di sgwennu ato fo os wyt ti isio," meddai Mam un pnawn, wrth fy ngweld i'n edrych ar goll braidd.

"Falla wna i," atebais, ond ro'n i'n gwybod na fyddwn i'n gwneud hynny. Doedd gen i ddim byd i'w ddweud.

Roedd fy ffrindiau wedi bod yn glên, chwarae teg. Wnaeth 'run ohonyn nhw roi'r bai arna i am be ddigwyddodd, er 'mod i'n teimlo weithiau y byddwn i wedi medru newid pethau. Taswn i wedi eistedd efo Al, wedi dweud wrtho 'mod i'n poeni am ei dymer, yn poeni am yr hyn ddigwyddodd efo Meg o flaen yr Octagon cyn Dolig... Wedi dweud "Sut mae petha yn eich tŷ chi? Ydi dy dad dal yn...?" Efallai y byddai hynny wedi gwneud gwahaniaeth.

Efallai ddim.

Cyn i'r achos ddechrau yn erbyn Al, ges i lythyr gan ei dwrna yn gofyn i mi fod yn dyst. Do'n i ddim yn dallt i ddechrau. Sut fedrwn i fod yn dyst i rywbeth a minnau heb weld yr hyn ddigwyddodd? Ond Mam esboniodd mai tystio i gymeriad da Al fyddwn i.

"Cymeriad da?"

"Ia, boi," nodiodd Mam, heb wên. "Deud sut un oedd... Sut un *ydi* o a bod y math yma o beth yn anarferol iddo fo."

"Isio i mi ddeud ei fod o'n foi iawn?"

"Ia. Yn union."

"Ond mae o wedi lladd rhywun!"

Ochneidiodd Mam. Doedd ganddi ddim ateb i hynny.

Gwrthod wnes i yn y diwedd. Rhywbeth arall i mi deimlo'n euog yn ei gylch o – bod yn anffyddlon i fy ffrind gorau. Ond fedrwn i ddim bod ar ochr llofrudd.

***

Ro'n i'n cerdded adra o'r gwaith un pnawn pan welais i Ffion, ffrind gorau Meg, yn eistedd ar fainc ar ei phen ei hun yn oerfel y Bible Gardens. Do'n i ddim wedi siarad â hi'n iawn ers i bopeth ddigwydd, er bod ein llygaid ni wedi cyfarfod dros dafarn brysur ambell nos Sadwrn. Do'n i ddim yn sicr y byddai hi eisiau siarad efo fi.

Ond roedd hi'n edrych mor ofnadwy o unig.

"Ffion," galwais yn dawel wrth agosáu. Edrychodd i fyny ac edrych i fyw fy llygaid. Wedi bod yn gweithio oedd hithau hefyd, y tu ôl i'r cownter persawr yn Boots. Roedd hi'n dal i wisgo'r iwnifform. Wnaeth hi ddim gwenu ond doedd hi ddim yn edrych yn flin chwaith.

"Stedda," meddai, a dyna wnes i, er i mi adael digon o le rhwng y ddau ohonon ni ar y fainc. Roedd hi'n oer ac roedd Ffion mor dlws yn ei sgarff a'i het wlân.

"Ti'n iawn?" gofynnais ar ôl eiliad o saib, a nodiodd Ffion gyda gwên fach.

"Ocê. Dal yn… hiraethu. Cael trafferth cysgu weithia." Edrychodd draw ata i. "Fel chdi, mae'n siŵr."

"Ia," atebais, yn gwerthfawrogi ei bod hi'n dallt.

"Dwi'n teimlo'n euog weithia," cyfaddefodd.

"Chdi?" holais mewn syndod. "Sgin ti ddim byd i deimlo'n euog yn ei gylch o…"

"O'n i'n gwbod sut un oedd o. Ac mi ddeudais i wrthi hi bod o'n dda i ddim. Ond roedd o'n ennill fi 'nôl, rywsut. Roedd o'n gymaint o hwyl, weithia, doedd Cai?"

Gwenais yn drist, a nodio wrth gofio gwên Al, sŵn ei chwerthin.

Bu tawelwch rhwng Ffion a minnau am ychydig, y ddau ohonon ni ar goll yn ein hatgofion.

"Cai?" gofynnodd Ffion. "Wyt ti'n meddwl ei fod o wedi ei eni'n ddrwg? 'Ta mai bywyd oedd wedi'i wneud o fel 'na?"

Ac er i mi feddwl a meddwl, ddois i byth o hyd i ateb i'r cwestiwn.

Diolchiadau:

I holl staff y Lolfa, yn enwedig Meinir Wyn Edwards am y gefnogaeth a'r amynedd;

I Rhys Aneurin am y lluniau;

I 'nheulu a'm ffrindiau oll, yn enwedig Efan a Ger.

GŴYL!

PETER DAVIES

DRAMA AM GYFEILLGARWCH
SY'N CAEL EI WTHIO I'R EITHAF

HAP A...
RHIAN STAPLES

DRAMA GIGNOETH, DIWEDDGLO TRASIG

WALIAU

BEDWYR REES

DRAMA AM GYFRINACHAU
A DIFFYG CYFATHREBU

Y GWYLIWR
LOWRI CYNAN

DRAMA AM DWYLL, DIAL A CHYFFURIAU

Am restr gyflawn o lyfrau'r Lolfa, mynnwch
gopi am ddim o'n catalog
neu hwyliwch i mewn i'n gwefan

www.ylolfa.com

lle gallwch archebu llyfrau ar-lein.

Talybont Ceredigion Cymru SY24 5HE
ebost ylolfa@ylolfa.com
gwefan www.ylolfa.com
ffôn 01970 832 304
ffacs 832 782